LETTRE

DE

LOUIS BRIDEL

À

CARION DE NIZAS.

SUR LA MANIÈRE DE TRADUIRE DANTE.

Suivie de la traduction en vers françois,
du cinquième chant de l'Enfer, par Mr. Bridel,
et de celle de Mr. Carion de Nizas,
avec des notes.

Duo dum faciunt idem, non est idem.

BASLE,

imprimé chez GUILLAUME HAAS.

1805.

Basle le 1. Juin 1805.

MONSIEUR!

Je n'ai point l'honneur de vous connoître, mais je connois vos jolies productions. J'ai souvent admiré dans vos poésies, ce pinceau léger et galant, ces idées tendres et ingénieuses, ces jolis tableaux qui les caractérisent. Je ne suis point jaloux de votre mérite; la jalousie est inconnue à mon cœur. Mais j'ai quelques fois envié vos talens; je voudrois écrire comme vous.

Depuis quelque temps je travaille à une traduction de Dante, en vers françois. Nous n'en avons qu'une fort ancienne et inlisible, par l'Abbé Grangier, poëte du XVIme siècle. En la faisant littérale, il l'a rendue un peu plus obscure que l'original. Voici un échantillon de sa manière:

> Mon nom Hugues Capet fut dit en l'autre monde;
> De moi sont engendrés Philippes et Loys,
> Par qui nouvellement la France en loix abonde.
> Je suis fils d'un boucher demeurant à Paris
> Quand les rois anciens, à la couronne acquise,
> Viennent moins, hormis un vétu de couleur grise.

Dès lors, en 1776, il parut une traduction en prose. Elle est bonne, mais ne contient que l'Enfer; dégouté par des critiques mal fondées, l'auteur interrompit son travail.

4

Il me semble, qu'un poëte aussi célèbre que Dante, devroit être plus connu en France. Il ne le sera que lorsqu'on l'aura traduit au moins passablement et en vers. La réputation qu'il a d'être obscur, souvent inintelligible, fait que peu de personnes ont le courage d'entreprendre la lecture de 14 à 15,000 vers italiens, divisés en cent Chants, et composés sur un sujet qui n'est pas gai.

Au reste, cette obscurité de Dante est fort exagérée. On trouve dans ses poëmes des tournures hardies, des mots qui ont vieilli, des épithétes surannées, des termes bannis du langage de la bonne société, enfin des allusions à des opinions et à des anecdotes peu connues. Mais c'est le cas de tous les ouvrages écrits dans les premiers siècles de la littérature. N'oublions pas, que Dante a écrit vers la fin du XIIIme siècle (il nacquit en 1265), qu'il est le Nestor du Parnasse Italien, le père de la rime. La grammaire et l'orthographe de sa langue, n'étoient point fixées. Il lui étoit réservé de le faire. Malgré tout cela, je le trouve moins difficile à entendre, que nos poëtes françois du XIVme et XVme siècle.

Je crois qu'avec une connoissance passable de l'Italien, de la philosophie d'Aristote, de la théologie scholastique et des anecdotes aux quelles le poëte fait allusion, on peut entreprendre la lecture de son triple voyage. D'ailleurs nous avons des commentaires qui laissent peu de chose à désirer. Le reproche qu'on peut leur faire, est d'être trop longs et entièrement dépourvus de gout.

Une traduction en vers, accompagnée d'un commentaire historique, et de quelques notes grammaticales, est donc un présent à faire à notre littérature. C'est un ouvrage de longue haleine. Il offre plus d'épines que de roses, et peu de gloire à acquérir; mais il donneroit à son auteur quelques droits à l'indulgence et à la réconnoissance du public.

L'auteur de la traduction en prose dit dans une note, chant 27:

„Quelques personnes demanderont peut-être, pour-„quoi l'Enfer n'a pas été traduit en vers? C'est qu'un „poëme national, hérissé de notes, et tout en dialogues, „n'auroit pu se faire lire en vers, d'un bout à l'autre, „soit qu'on gardat les dit-il, les répond-il, soit „qu'on les supprimât. D'ailleurs il falloit que la traduction „servit sans cesse de commentaire au texte, ce qu'on „ne peut attendre que de la prose".

Je suis d'un sentiment entièrement opposé. Que l'auteur n'ait pas pu, ou n'ait pas voulu traduire Dante en vers, il étoit libre, cela n'ôte rien à son mérite. Mais qu'il ait jugé la chose impossible, qu'il ait découragé ceux qui seroient tentés de se livrer à ce travail, voilà ce que je ne lui pardonne pas. Combien de temps n'a t-on pas cru que les Géorgiques de Virgile et le Paradis perdu de Milton, ne pouvoient être traduits en vers françois, que par fragmens. Monsieur Delille les a traduits en entier, et nous avons deux chefs-d'œuvres. Le grand point est d'oser entreprendre, et d'entrer courageusement dans la lice; la première traduction sera médiocre: d'autres poëtes viendront après nous; ils en feront une meilleure. On finira par en avoir une excellente. Telle est la marche progressive des arts. Telle est la marche des traductions. Si personne n'eut traduit en prose la Jérusalem délivrée de Tasse, peut-être n'aurions nous pas l'admirable traduction de M. Le Brun.

Quoiqu'il en soit, je me suis livré à l'idée de traduire les trois poëmes de Dante en vers françois. Malgré mes occupations nombreuses, l'Enfer est achevé. Je le retoucherai souvent, et long-temps, car je me propose de le laisser, comme un foible monument de mon passage sur cette terre. Ce travail m'amuse, il est analogue à l'éternelle mélancolie de mes pensées.

Après cela, jugés Monsieur, avec quel empressement j'ai dû lire votre traduction du cinquième chant de l'Enfer, insérée dans le Moniteur N°. 226. J'ignorois d'avoir un rival, et un rival aussi redoutable que vous. Mais je dois avouer, que cette lecture a renversé toutes mes idées. Je me demandois à moi même : Est ce donc ainsi que Dante doit être traduit pour réussir en France ? Je ne sais quoi me disoit, que non. Mais un débutant doit se défier de ses forces. Il est difficile de juger impartialement dans sa propre cause. C'est ce qui m'engage à vous faire part de mes observations, à vous consulter, à consulter le public. Je me flatte que vous en agirés à mon égard, avec une franchise égale à celle que je vais mettre dans cette discussion.

Il me semble qu'une traduction en vers françois doit, pour être bonne, avoir les caractères suivans :

1°. Rendre le sens de l'original.

2°. Conserver le ton général du poëme traduit.

3°. Reproduire sa teinte.

4°. Respecter sa forme.

5°. Enfin être adaptée au gout du siècle et du peuple pour le quel on écrit. Reprenons ces cinq idées.

1°. Votre traduction m'a paru si peu fidèle, que j'aurois même de la répugnance à lui accorder le titre plus modeste d'imitation. Vous sautés à pieds joints, et en plus d'un endroit, cinq ou six vers entiers ; tantôt vous n'en reparlés plus ; tantôt on en retrouve les membres épars vingt lignes plus bas. Ce que le poëte dit en trois vers, vous le délaiés en six. Vous lui faites tenir un langage opposé à celui qu'il a tenu. Vous ne devinés pas sa pensée.

Qu'avez vous fait des vers de votre original depuis 73 jusqu'à 80 ? Qu'avez vous fait du 138me ? Il est cependant marqué au coin du génie, facile à reproduire en françois.

> Qual giorno piu non vi leggemo avante.

C'est un voile dont le poëte couvrit habilement une scène qui eut allarmé la pudeur ; une réticence qui en dit plus à une ame sensible, que la déscription la plus voluptueuse.

Vous avez tellement noyé votre original, qu'il vous a fallu près de 200 vers pour en rendre une centaine de Dante. Certes ce n'est point traduire. Jean Baptiste Rousseau, Racine, Voltaire n'en usoient pas ainsi. Et quand on a autant de talens que vous, Monsieur, on doit avoir l'ambition de marcher sur les traces de ces grands hommes.

Je sais que Mr. Delille, qui est notre chef-de-file, notre modèle à tous,

> Quel Signor dell' altissimo Canto,
> Che sovra gli altri, com' Aquila vola.

que Mr. Bridel de Gotha, dans sa traduction d'Ossian, que plusieurs poëtes modernes, se sont donnés quelque licence à cet égard. Ils sont plus ou moins justifiés par l'esclavage de la rime et par la tentation qu'a tout homme de génie, d'ajouter un trait de plus, à un grand et magnifique tableau. Mais il me semble que vous avez abusé de la permission. Cet abus fait que ce qui étoit excusable chez d'autres, devient inexcusable chez vous.

Quoique je ne suppose pas que vous ayez des prétentions, au titre de traducteur fidèle, et que par conséquent j'eusse pu me dispenser d'en dire davantage, permettés que je mette un instant votre copie en présence de l'original.

Dante avoit commencé le cinquième chant par ces trois vers:

> Cosi discesi del cerchio primaïo
> Giù nel secondo, che men luogo cinghia,
> E tanto più dolor, che pugne a guajo.

Ce qui signifie littéralement:

„Ainsi nous descendimes du cercle premier dans le „second; son circuit est moins vaste, mais la douleur y „arrache des cris d'autant plus aigus".

Et vous traduisés:

> Je m'enfonçai dans ce noir labyrinthe;
> Je descendis dans un nouveau séjour,
> Moins étendu que la première enceinte;
> Triste demeure, impénétrable au jour,
> Et que remplit le supplice, et la plainte
> Des cœurs rendus coupables par l'amour.
> Quelle douleur saisit mon ame émue!
> Lorsque jettant au tour de moi la vue,
> Je découvris tant d'objets malheureux,
> Que leur foiblesse engloutit dans ces lieux.

Aux trois premiers vers, Dante ajoute immédiatement les suivans, par les quels il entre en matière avec la rapidité qui le caractérise.

> Stavvi Minos orribilmente e ringhia
> Esamina le colpe nell' entrata;
> Giudica, e manda, secondo ch' avvinghia.

C'est à dire: „Minos, sous une forme épouvantable, „siége et grince les dents. Assis près de l'entrée, il „examine les fautes, juge, et envoye aux lieux désignés".

Et vous traduisés:

> Minos armé de son urne terrible,
> Dès notre abord épouvanta nos yeux;
> C'est sous les traits d'un dragon monstrueux
> Qu'on voit siéger ce juge incorruptible;
> Son corps se roule en anneaux écailleux,
> De la Gorgone, il a la tête horrible.

Le tableau est bien dessiné et prépare à l'intelligence de ce qui suit; mais votre original n'a rien dit de tout cela, et encore une fois, ce n'est pas traduire. J'ai eu entre les mains un dessin excellent, fait par Ligozzo. Minos y est représenté sous la figure d'un vieillard, sévère, hargneux et gratifié d'une queue. Ce juge à longue queue siége avec une gravité, qui nous fait rire aujourd'hui; mais qui certainement eut fait grand plaisir à Dante. Je doute qu'il eut été également satisfait de votre monstrueux dragon, dont le corps se roule en anneaux écailleux, et qui a la tête horrible de la Gorgone.

2°. Le ton général des poëmes de Dante, est un ton grave, solemnel. Il les composa du plus grand sérieux du monde. Dès qu'ils parurent, on les regarda comme un cours complet de philosophie et de théologie. On les cita, on les cite encore aujourd'hui comme autorité: on les explique dans quelques académies italiennes, aussi gravement qu'on y expliquoit autrefois la philosophie d'Aristote.

Ce ton solemnel, vous ne l'avez point conservé, et vous ne pouviez le faire en adoptant les vers de dix syllabes. Ils ne conviennent qu'au genre badin et léger. Je sais qu'il y a certains endroits de Dante, par exemple le 21me chant de l'Enfer, qui paroissent ne pouvoir être traduits que dans le style de la Pucelle. Mais partout ailleurs, le vers Alexandrin est le seul qui par sa plénitude et par sa gravité puisse rendre celle de l'original. Mr. Delille n'auroit pas obtenu un succès aussi complet, s'il eut traduit Virgile et Milton en style léger, en vers de dix syllabes. On ne pourroit pas même les employer à traduire la Jérusalem délivrée. Reservons-les pour l'Arioste.

Vous voyés que je pense comme l'auteur de la traduction françoise. Il a dit dans une note, chant 27 :

„Voltaire s'est égayé à traduire cette épisode dans „le style de la Pucelle. Il n'y a guères que ce morceau „et celui des Diables qui puissent supporter ce style, si „on veut entrer dans la véritable intention de Dante. „Il n'a pas prétendu faire un Enfer burlesque, et bien „qu'on put réussir à lui donner cette tournure, trois „réflexions en auroient empêché. La première, c'est „que la plupart des imaginations de ce poëte, qui n'ont „plus aujourd'hui que le côté plaisant, n'en laissoient „pas même le soupçon pour des esprits réligieux, pénétrés „d'avance de toute la terreur que Dante vouloit leur „inspirer. La seconde, c'est qu'au XIIIme siècle, la langue „Toscane étoit républicaine ; chaque mot y participoit „de la souveraineté ; mais 4 ou 500 ans d'intervalle, la

„familiarité que le temps nous fait contracter, avec certaines
„expressions, et surtout le changement de gouvernement,
„ont fait d'une langue républicaine, une langue de populace.
„Enfin la langue françoise elle même gagne plus aux
„traductions en style soutenu qu'en style mêlé. Dante,
„pour produire tout son effet, doit se présenter dans notre
„langue, tel qu'il s'offrit autrefois dans la sienne".

3°. Un traducteur doit reproduire fidèlement la teinte
générale, la touche. Celle de Dante est un mélange
de fierté, de bizarrerie, de mélancolie, d'ironie, de
naïveté, de dévotion. Après avoir broyé ces couleurs
primitives, il en a fait une teinte mixte tellement originale
et particulière à ce grand poëte, qu'on ne la retrouve en
partie que dans Milton.

Votre style fleuri et léger dénature votre original, au
point, que sa physionomie vénérable, antique, j'allois
presque dire patriarchale, en est devenue entièrement
méconnoissable. C'est l'Albane imitant une esquisse
de Michel - Ange, ou de Salvator Rosa. Il y a
dans les poëmes de Dante des morceaux terribles, des
tableaux qui font dresser les cheveux d'horreur, comme
la fin du 32me chant de l'Enfer, et le 33me tout entier.
Pour les imiter, pour les traduire, il faut une touche fière
et terrible, un pinceau sombre, hardi, vigoureux. Selon
moi, Mr. Delille est presque le seul des poëtes vivans,
qui puisse nous indiquer le ton et la teinte. En prose,
ce seroit Mr. de Chateau - Briant.

4°. Chaque poëte épique a une manière d'ourdir sa
toile, c'est ce que j'apelle sa forme. Celle d'Homère
n'est pas celle de Virgile. Celle des poëmes de Dante,
quoiqu'imitant Homère de loin en loin, est originale et

12

fut fréquemment imitée par les poëtes et romanciers françois du XIVme et XVme siècle. C'est un voyage en songe dans une région fantastique, dont lui seul connoit la carte, que lui seul peut décrire, puisqu'elle n'existe que dans son imagination. Ses poëmes sont en partie didactiques, et déscriptifs, en partie dialogués. Les interlocuteurs ordinaires sont Dante et Virgile qui le conduit. Les autres sont les différens personnages, que le premier rencontre dans les Enfers, le Purgatoire et le Paradis. Ils sont en grand nombre; empruntés, en partie de la fable, en partie de l'histoire sacrée et profane.

Voilà la manière bizarre, dont sa toile est ourdie. Voilà sa forme. Elle étoit neuve dans le XIIIme siècle. Depuis, elle a vieilli, elle s'est usée; mais le traducteur doit la respecter. (Voyés le postscriptum à la fin de cette lettre).

Il me semble que vous n'observés pas cette régle, que le gout et la critique s'accordoient à vous enseigner. Le dialogue ne se retrouve qu'en partie dans votre traduction. Il y a plus; ce qui devoit être raconté par Françoise de Rimini à Dante, l'est par Dante à Françoise. Vous avez quelquefois d'heureuses licences; celle-ci n'est pas du nombre. Vous connoissés aussi-bien que moi les trois poëmes de Dante. Il voyage pour se sanctifier et s'instruire; il reconnoit rarement les personnages; il interroge presque toujours; les ombres lui racontent leurs aventures, ou leurs forfaits, lui prédisent ses déstinées futures, et c'est à Virgile, principal personnage des deux premiers voyages, qu'il s'adresse pour avoir des éclaircissemens.

Je sais que Dante a pu connoître Paul et Françoise; mais il n'étoit ni dans son plan, ni dans son style de les instruire de choses qu'ils savoient mieux que lui. Pourquoi lui faites-vous dire à Paul :

> Vous, son beau frère, ô Paul! vous, tant de fois,
> Si jeune encore, vainqueur dans nos tournois!

Dante ne dit rien de tout cela. Paul n'est pas même nommé dans le poëme. Françoise, comme si elle craignoit de profaner le nom de son amant en le prononçant dans les Enfers, ou plutôt, comme s'il étoit impossible qu'on put la soupçonner d'en aimer un autre, affecte de le désigner par *costui*, celui-ci. Dante lui prêta ce sentiment délicat. J'ai cru devoir le conserver dans ma traduction.

Pourquoi Dante apprend-il à Françoise qu'elle étoit belle, qu'elle étoit née sur les rivages du Po? C'est elle qui le dit dans l'original et qui lui donne sur son aventure des détails qu'il est censé ignorer. Cette marche est plus naturelle, plus conforme au gout.

Comme Dante finit rarement un tableau, mais qu'il esquisse avec un pinceau large, il en résulte que les personnages ne sont qu'indiqués. Il en est de même de ses comparaisons. Il les développe peu; ce n'est pas le talent qui lui manquoit, mais la marche rapide, qu'il s'étoit imposée, et le désir de faire une poésie toute d'images, l'en ont empêché. Il a montré en quelques endroits ce qu'il étoit capable de faire. Rien de plus beau, par exemple, que le développement d'une comparaison, qui se trouve dans le 9e. chant de l'Enfer. Voici l'original. J'y joindrai ma traduction, qui lui est bien inférieure.

> Non altrimenti fatto, che d'un vento
> Impetuoso per gli aversi ardori
> Che fier la selva sanz' alcun rattento;

> Gli rami schianta, abatte, e porta i fiori,
> Dinanzi polveroso va superbo;
> E fa fuggir, le fiere e gli pastori.

> Tel, long=temps arrêté par des luttes cruelles,
> Le fougueux aquilon, prend des forces nouvelles.
> D'abord foible, et poudreux, il rasoit les guérêts;
> Superbe maintenant, il frappe les forêts;
> Tout se brise, ou fléchit sous son impatience;
> Le pâtre épouvanté, s'enfuit en diligence;
> Il disperse les fleurs, arrache les rameaux,
> Et rompt les troncs noueux, des antiques ormeaux.

Et lorsque les comparaisons ne sont pas aussi développées que celle-ci, elles font presque toujours une image exacte. Le traducteur n'a donc pas besoin, de les détailler, ni de les rendre plus intelligibles. Exemple: (Il parle des ombres criminelles qui se hatoient de se replonger dans les eaux bourbeuses, à l'approche de l'ange qui venoit réprimer l'insolence des démons. Chant 9ᵐᵉ)

> Come le rane innanzi alla nimica
> Biscia, per l'acqua si dileguan tutte,
> Fin ch'a la terra ciascuna s'abbica;
>   Vidi piu di mill' anime distrutte
> Fugir cosi dinanzi ad un, ch'al passo
> Passava Stige con le piante asciutte.

> Sur les bords d'un fossé, la grenouille amphibie
> Observe en frémissant la couleuvre ennemie,
> S'enfonce et va chercher un abri sous les eaux.
> Tels mille infortunés se plongeoient dans les flots
> À l'approche d'un seul, qui sur cette onde obscure
> S'avançoit sans mouiller sa brillante chaussure.

J'observerai à cette occasion que les mots celui-ci, celle-ci, la première, la seconde, un qui, &c. les quels ne sont rien moins que poëtiques, se retrouvent à chaque pas dans les vers de Dante. Cela tient à ce style énigmatique, et à une certaine affectation de mystère, qui caractérise ce poëte. Ces tournures nobles autrefois, prosaïques et presque proscrites aujourd'hui, donnent de l'embarras au traducteur, qui veut conserver la physionomie de son original. Cependant avec quelle noble hardiesse Racine n'a-t-il pas dit:

Celui qui met un frein à la fureur des flots.

Pour en revenir à votre traduction; vous avez cru devoir développer toutes les comparaisons indiquées. C'est une chose que je ne saurois approuver. Cela vous empêche de suivre la marche rapide du Florentin; outre cela, dans le développement vous manqués sans aucune nécessité à la vérité et même à la vraisemblance. Dante avoit dit:

E come i grù van cantando lor lai
Facendo in aer di se lunga riga.

Mot à mot: „Comme les grues volent chantant leur lai, „et traçant dans l'air une longue ligne; ainsi" &c. Et vous traduisés:

Tels on entend, dans les apres déserts,
Près du Strymon, que d'éternels hivers
Tiennent captifs, de longs cordons de grues,
Pousser des cris qui remplissent les airs.

Mais le Strymon est un fleuve de Macédoine. Il coule dans une vallée charmante, sous un ciel plutôt chaud que tempéré. Ses bords offrent les plus belles prairies. Les grues s'y rendent en foule au printemps, pour y faire leur première ponte; elles en repartent en automne. Comment arrive-t-il que votre Strymon coule dans des apres déserts? qu'il soit tenu captif par des hivers éternels? que les grues aille de préférence pondre dans les glaces? et que le mot *lai*, complainte, doléance, mot charmant, analogue à la mélancolie qui regne dans cette scène, soit remplacé par des cris qui remplissent les airs.

Votre comparaison des étournaux est mieux développée. Celle des deux tourterelles est charmante, pleine de délicatesse, bien supérieure à la mienne. J'observerai seulement sur le quatrième vers:

> Entrelaçant et leurs becs et leurs ailes,
> Voler ensemble à leur nid délaissé;

qu'il me paroit bien difficile même en vers, que deux tourterelles puissent voler dans cette attitude.

5°. Il me reste à dire un mot du gout. Dante avoit le gout du XIIIme siècle; ce gout est bien différent du notre. Pédanterie, puérilités, niaiseries, jeux de mots et *concetti*, expressions impropres ou ordurières, tableaux dégoutans: voilà ce qu'il offre en vingt endroits. Comment traduire:

> I credo, ch'ei credette, ch'io credesse.
> --
> E egli haveva del cul fatto trombetta.
> --
> E l'altro dietr' a lui parlando sputa.
> --
> Che là, si graffia con l'unghia merdose.
> --
> La Corata pareva, 'el tristo sacco
> Che merda fa, di quel che si trangugia.
> &c. &c. &c.

Il faut avoir le courage de beaucoup changer, de beaucoup élaguer. L'arbre est vigoureux. Mettés y la serpe. Attaqués les branches verreuses ou parasites; coupés sans pitié. Masqués le reste. Mr. D e l i l l e nous a montré dans la dégoutante épisode des harpies (Énéide chant 3) la marche que nous devons suivre.

D'un autre côté l'original offre une beauté rustique, quelquefois sans grace, souvent sans éducation et parlant le langage de la halle, il faut la décrasser, l'éducquer et la parer avant de la produire en France; sans écla elle y seroit fort mal accueillie.

Je vous reprocherai au premier égard d'avoir élagué sans nécessité dans le 5e chant, et au second d'avoir trop pouponné votre original. Nous attendions une fière Spartiate, vous nous envoyés la jeune Glycérion. Au reste, c'est un beau défaut; il vous sera plus facile de vous en corriger qu'à moi de le contracter. *Non omnia possumus omnes.*

Voilà mes observations générales sur votre fragment. Tout en convenant, que c'est un fort joli morceau de poésie, je ne saurois approuver votre manière de traduire D a n t e.

Comme on répond ordinairement: La critique est aisée, et l'art est difficile, je vous envoye ma traduction du même chant. Si vous avez un moment à perdre, examinés - la, et honorés moi de votre critique. Je me sens très - disposé à en profiter. Je vous l'envoye imprimée parce qu'il circule dans le cercle étroit de mes connoissances des copies de quelques chants, qui en passant de mains en mains se sont tellement altérées, que je ne reconnois plus mon propre ouvrage.

À la suite de ma traduction j'ai placé la votre, pour mettre le public en état de juger. J'ai pris cette liberté bien convaincu que vous avez trop d'esprit, pour vous en facher, lors même que ma critique seroit fondée. Je vous prie, Monsieur, de me mettre à l'avenir au nombre de vos admirateurs les plus sincères.

J'ai l'honneur d'être

avec une considération distinguée

Monsieur

Votre très-humble et très-obéissant serviteur

LOUIS BRIDEL,

membre du Grand Conseil du Canton de Vaud, de la Société d'Émulation de Lausanne, de celle des Cultivateurs, &c.

P. S. J'ai dit (p. 12) que la toile, c'est à dire la forme employée par Dante, étoit usée; elle ne l'est pas tellement qu'un grand poëte n'en puisse tirer parti et l'imiter. C'est ce que vient de prouver Mr. Monti dans son poëme composé à l'occasion du couronnement de sa Majesté Impériale et Royale, NAPOLÉON Ier. Cette pièce est un chef-d'œuvre; c'est le meilleur ouvrage d'un poëte célèbre et qui en a produit beaucoup de bons. Mr. Monti est le Dante moderne. Même fierté, même énergie, même hardiesse, même langue républicaine (il a hazardé le mot *Bordello*). Il rime comme Dante; comme Dante il étonne, il touche, il entraine. Son poëme est allégorique et dialogué. La forme est celle d'un songe. Il est en tercets et en rimes triplées. C'est la manière du Florentin imitée avec l'exactitude la plus scrupuleuse. L'évocation de l'ombre de D a n t e est un morceau sublime.

Cependant j'observerai qu'il n'y a guères qu'un M o n t i, qui puisse prétendre à l'honneur de louer le héros du siècle, le G r a n d N a p o l é o n; car à parler exactement, son éloge n'appartient ni à la poésie ni à la fiction. L'histoire le réclame; on ne peut le lui contester. L'histoire exacte de ce que ce Grand Homme a dit, a fait, a voulu faire pour le bonheur de l'humanité, sera toujours son plus bel éloge. C'est un P l u t a r q u e et non un V i r g i l e qu'il nous faut. Il y a de bons poëtes en France; ils se taisent; un jour ils réprendront la lyre harmonieuse.

Je citerai en faveur de mes lecteurs, qui n'ont pas encore lu la belle production de Mr. M o n t i, et pour leur donner l'envie de la lire, le fragment qui a rapport à D a n t e.

>———<

F R A G M E N T

du poëme

DE MONSIEUR MONTI.

Al macro aspetto, che dall' arte inciso
Gia più volte adorando avea veduto
E più del core al palpito improviso,
Ebbi tosto il Cantor riconosciuto.

Cui di carne vestito, il trino regno
Della morte veder fu conceduto.

    Pria severo guardò quel franco ingegno
La risurta Reina: indi proteso
Vers' ella, il dito di parlar fe' segno,

    E commincciò; „da tuoi delitti offeso
„Cara Italia; io ti punsi, e tuo flagello,
„Sentir ti feci, di mie note il peso.

    „Serva ti dissi, di dolore ostello,
„Nave senza nocchiero in gran tempesta,
„Non donna di provincce, ma bordello.

    „E tale ti lasciai quando la vesta
„Mortal deposi dalla patria escluso,
„A suoi maligna, ed a non suoi molesta.

    „Or che d' incauta liberta mal uso
„Ti partori buon senno, e miglior sorte,
„Alfin ti volge delle Parche il fuso;

    „Dagli eterni silenzi della morte
„A veder mi conduco di pentita
„Madre ancor bella le virtù risorte “.

    &c.   &c.   &c.

Nous avons déjà deux traductions Françoises de cette belle production, l'une par Monsieur Carion de Nizas, l'autre par Monsieur Deschamps, Secrétaire des commandemens de Sa Majesté l'Impératrice; celle-ci m'a paru meilleure.

CHANT V.

DE

L'ENFER DE DANTE

TRADUIT

EN VERS FRANÇOIS AVEC DES NOTES

PAR

LOUIS BRIDEL.

O voi, c' havete gl' intelletti sani,
Mirate la dottrina che s'asconde
Sotto 'l velame de gli versi strani.
Dant. Infern. C. IX. V. 61.

CANTO V.

ARGOMENTO.

All' ingresso di questo secondo circolo, ove sono punite le anime ch' amore ha sottomesse, vi sta il Giudice dell' Inferno. Descrizione della loro pena. Accidente di Francesca da Rimini.

Così discesi del cerchio primaio
Giù nel secondo, che men luogo cinghia,
E tanto più dolor che pugne a guaio:
Stavvi Minos orribilmente e ringhia,
5 Esamina le colpe nell' entrata:
Giudica e manda, secondo ch' avinghia.
Dico, che quando l'anima mal nata
Li vien dinanzi, tutta si confessa:
E quel conoscitor delle peccata

CHANT V.

ARGUMENT.

Dante après avoir quitté les Lymbes descend avec Virgile dans le second Cercle des Enfers. À l'entrée il trouve Minos occupé à juger les Ombres. Il apprend que ce second Cercle est destiné au supplice de ceux qu'un amour criminel a perdu. Déscription de leur supplice. Virgile lui fait connoître les Ombres les plus illustres. Françoise de Rimini lui raconte ses déplorables aventures. Le poète s'attendrit; son ame est brisée; il s'évanouit.

Quittant le premier Cercle, et les premiers abîmes,

Dans le Cercle second, tous deux nous descendîmes.

Moins vaste est son circuit; plus grands sont ses tourmens.

Les airs rétentissoient de longs gémissemens.

Près de la porte assis, hargneux, épouvantable,

Des criminels humains, le Juge inexorable,

Examine, condamne, et donne le signal.

Quand une ame coupable arrive au tribunal,

En face de son Juge, avant d'être punie,

10   Vede qual luogo d'Inferno è da essa:

Cignesi colla coda tante volte,

Quantunque gradi vuol che giù sia messa.

Sempre dinanz' a lui ne stanno molte:

Vanno a vicenda ciascuna al giudizio;

15 Dicon ed odono, e poi son giù volte.

O tu che vieni al doloroso hospizio,

Disse Minos a me, quando mi vide,

Lassando l'atto di cotanto offizio;

Guarda, com'entri, e di cui tu ti fide:

20 Non t'inganni l'ampiezza dell' entrare.

E'l Duca mio a lui: perchè pur gride?

Non impedir lo suo fatale andare:

Vuolsi così colà, dove si puote

Ciò che si vuole; e più non dimandare.

25   Hor incommincian le dolenti note

A farmisi sentire: hor son venuto

Là, dove molto pianto mi percuote.

I venni'n luogo d'ogni luce muto

Che mugghia, come fa mar per tempesta,

30 Se da contrari venti è combattuto.

Elle doit confesser, les forfaits de sa vie.

Les crimes différens, ont des Cercles divers;

Minos fixe à chaque Ombre, un lieu dans les Enfers;

Il la marque d'un sceau, honteux, ineffaçable;

Dans les plis de sa queue, enfermant le coupable,

Il l'embrasse, il le serre, et les anneaux sanglans

Indiquent sur ses reins, les Cercles différens.

Chaque Ombre est à son tour, au tribunal citée:

Elle parle, elle écoute, elle est précipitée.

„O toi, qui descendu, sur ces funestes bords,

„Oses, vivant encore, interroger les morts!

„Crains un guide imprudent! la porte est spacieuse;

„Mais lorsqu'on a passé sous sa voute trompeuse,

„On ne revoit jamais la lumière des cieux ".

Ainsi parla Minos. Le Chantre harmonieux,

Virgile, a répondu: „Pourquoi ces cris de rage?

„Nul ne peut s'opposer, à son fatal voyage.

„Les ordres du Très-Haut seront exécutés.

„C'est lui qui nous envoye aux bords infréquentés "!

Nous entrons; et les cris des nombreuses victimes

S'élèvent jusqu'à nous, du fond de leurs abîmes.

Nous étions descendus dans le séjour des pleurs;

La nuit la plus profonde, étaloit ses horreurs;

L'air mugissoit, semblable à la mer écumante,

Quand la horde des vents, combat et la tourmente.

La buffera infernal, che mai non resta,

Mena gli spirti con la sua rapina:

Voltando, e percotendo gli molesta.

Quando giungon davanti alla ruina,

35 Quivi le strida, il compianto, e'l lamento,

Bestemmian quivi la virtù divina.

Intesi, ch'a così fatto tormento

Eran dannati i peccator carnali,

Che la ragion sometton al talento.

40   E come gli stornei ne portan l'ali

Nel freddo tempo, a schiera larga e piena,

Così quel fiato gli spiriti mali.

Di quà, di là, di giù, di sù gli mena:

Nulla speranza gli conforta mai,

45 Non che di posa, ma di minor pena.

E come i grù van cantando lor lai

Facendo in aer di se lunga riga;

Così vid'io venir trahendo guai,

Ombre portate dalla detta briga:

50 Perch'io dissi: Maestro, chi son quelle

Genti, che l'aer nero sì castiga?

La prima di color, di cui novelle

Tu vuo' saper, mi disse quegli allotta,

Fù Imperatrice di molte favelle.

35 L'infernal ouragan, se promène à grand bruit.

Sans cesse il pousse, heurte, et repousse, et meurtrit

Les ames que le sort, soumet à sa rapine.

Si le vent jette une Ombre, au bord de la ruine,

L'effroi lui fait pousser d'horribles hurlemens;

40 On l'entend blasphémer l'Auteur de ses tourmens.

J'appris qu'on punissoit, sous ces voutes obscures,

Les amours criminels, et les flammes impures,

L'oubli de la raison, l'esclavage des sens.

Tels de noirs étourneaux, emportés par les vents,

45 En vols larges et pleins, traversent l'hémisphère;

Tels ces nombreux pêcheurs, ces enfans de colère,

Entrainés, balottés par l'orage en courroux,

D'un instant de repos, d'un supplice plus doux,

Pendant l'éternité n'ont aucune espérance.

50 Voyez dans l'air brumeux, chantant leur doléance,

Les grues au long bec, tracer un noir sillon;

De ces Ombres ainsi, le triste bataillon,

S'offroit à mes regards du sein de la tempête.

Je m'écrie en pleurant: „Permets que je m'arrête;

55 „O! mon père, apprends moi, le nom des condamnés"!

Il répond: „La première, en ces lieux fortunés,

„Où l'Euphrate serpente, où le Mède respire,

„Sur vingt peuples divers, étendit son empire.

55   Al vizio di lussuria fù sì rotta,

Che libito fè licito in sua lègge,

Per torre il biasmo, in che era condotta:

Ell'è Semiramis, di cui si legge,

Che succedette a Nino, e fu sua sposa:

60 Tenne la terra che'l Soldan corregge.

L'altr'è colei che s'ancise amorosa,

E ruppe fede al cener di Sicheo.

Poi evvi Cleopatra lussuriosa.

Elena vidi, per cui tanto reo

65 Tempo si volse: e vidi'l grand Achille

Che con amor al fine combatteo.

Vidi Paris, Tristano: e più di mille

Ombre mostrommi, e nominolle a dito,

Ch'amor di nostra vita dipartille.

70   Poscia ch'i' ebbi il mio dottore udito,

Nomar le donne antiche e i cavalieri,

Pietà mi giunse, e fui quasi smarrito.

I comminciai: Poeta volentieri

Parlerei a que' due che'nsieme vanno,

75 E paion sì al vento esser leggieri.

Ed egli a me: Vedrai quando saranno

Più press' a noi, e tu allor gli prega

Per quell' amor ch'ei mena, e que' verranno.

Sitosto come'l vento a noi gli piega,

80 Muovi la voce: o anime affannate,

Venite a noi parlar, s'altri nol niega.

„Et pour justifier des gouts incestueux,

„Elle osa promulguer un décret odieux;

„Permettre à ses sujets, de suivre leurs caprices,

„Et de prendre pour loi, leurs fureurs, ou leurs vices.

„Ses fertiles états, au Sultan sont soumis;

„Son époux fut Ninus; son nom Sémiramis.

„Yvre d'un fol amour, infidèle au veuvage,

„Cette autre se tua, sur les murs de Carthage.

„Plus loin vois Cléopâtre, au front luxurieux.

„Vois l'illustre beauté, qui sçut armer les Dieux,

„Quand sur les bords du Xanthe, on combattoit pour elle.

„Vois Achille . . . l'amour dompta ce cœur rebelle.

„Vois Paris . . . Vois Tristan" . . . Mon guide tour à tour

Me montroit, me nommoit les victimes d'amour.

À combien de Héros, ce Dieu couta la vie!

Alors, le cœur en proye à la mélancolie,

Pleurant sur le destin de tant d'infortunés;

J'ai dit: „Me permets-tu, parmi les condamnés,

„De parler à ces deux, qui s'éloignent ensemble?

„Quel est ce charmant couple, et quel nœud le rassemble?

„Au vent qui le balotte, il semble plus léger".

Virgile a répondu: „Si, venant à changer,

„L'orage, auprès de nous un instant les ramène,

„Au nom du Dieu charmant, qui les tient sous sa chaine.

„Apelle, ils accourront". Le vent plie, et je dis:

„Tristes jouets des vents! Infortunés esprits!

Quali colombe dal disio chiamate,

Con l'ali alzate e ferme al dolce nido

Volan per l'aer dal voler portate;

85 Cotali uscir de la schiera ov'è Dido,

A noi venendo per l'aer maligno,

Sì forte fu l'affettuoso grido.

O animal gratioso e benigno,

Che visitando vai per l'aer perso

90 Noi, che tignemmo'l mondo di sanguigno;

Se foss' amico il Re dell' universo,

Noi pregheremmo lui per la tua pace,

Poi c'hai pietà del nostro mal perverso.

Di quel, ch'udir, e che parlar ti piace,

95 Noi udiremo, e parleremo a vui;

Mentre che'l vento, come fa, si tace.

Siede la terra dove nata fui,

Sù la marina, dove'l Po discende

Per haver pace co' seguaci sui.

100 Amor, ch'al cor gentil ratto s'apprende,

Prese costui della bella persona,

Che mi fu tolta; e'l modo ancor m'offende.

Amor, ch'a null' amato amar perdona,

Mi prese del costui piacer si forte,

105 Che, come vedi, ancor non m'abbandona.

„Ah! venés nous parler«! Deux blanches tourterelles,

Au vœu de la nature, également fidèles,

Quand leurs fils délaissés, implorent leurs secours,

S'envolent droit au nid, berceau de leurs amours:

Tels, au son de ma voix, les amans s'avancèrent,

Et traversant la nuit, devant nous se placèrent.

Ma bouche avoit trouvé, le chemin de leur cœur.

   „Être sensible et bon! Mortel plein de candeur!

„Toi qui vas visitant, sous le sombre hémisphère,

„Ceux qui d'un sang impur, ont rougi la poussière;

„Si j'étois moins coupable, aux yeux de l'Éternel,

„Humiliant mon front, embrassant son autel,

„J'adresserois des vœux pour la paix de ton ame.

„Je démèle aisément le désir qui t'enflamme;

„Pendant que l'air est calme, et que le vent se tait,

„Je vais de nos malheurs, t'apprendre le secret.

   „Je nacquis sur la plage, en ces plaines fécondes,

„Où portant à la mer, le tribut de ses ondes,

„L'Éridan fatigué, va chercher son tombeau.

„D'amour (tout cœur bien né s'allume à son flambeau)

„Un Chevalier bruloit, épris de ma figure . . . .

„Je la perdis; comment? J'en rougis . . . . et murmure.

„Amour qui veut qu'on aime, alors qu'on est aimé

„Me subjugue à mon tour; mon cœur est consumé

„Jusques dans les Enfers, d'un feu qui le dévore.

Amor condusse noi ad una morte:

Caina attende, chi'n vita ci spense:

Queste parole da lor ci fur porte.

Da ch'io'ntesi quell' anime offense,

110 Chinai'l viso, e tanto'l tenni basso,

Fin che'l Poeta mi disse: che pense?

Quando risposi, cominciai: o lasso,

Quanti dolci pensier, quanto disio

Menò costoro al doloroso passo!

115   Poi mi rivolsi a loro, e parla'io,

E cominciai: Francesca, i tuoi martiri

A lagrimar mi fanno tristo e pio.

Ma dimmi: al tempo de' dolci sospiri

A che, e come concedette amore,

120 Che conoscest' i dubbiosi desiri?

Ed ella a me: Nessun maggior dolore,

Che ricordarsi del tempo felice

Nella miseria; e ciò sa'l tuo dottore.

Ma s'a conoscer la prima radice

125 Del nostr' amor tu hai cotanto affetto;

Farò, come colui che piange, e dice.

110 „Amour nous a perdus! Caïenne attend encore;

„Et réserve une place à mon barbare époux.

„Son supplice rendra mon supplice plus doux ".

À cet affreux récit, j'ai gardé le silence,

J'ai déploré l'excès d'une juste vengeance.

115 Mes yeux se sont mouillés; mon front s'est abattu.

„Pourquoi ces longs soupirs? Pourquoi médites-tu "?

„Je pensois à graver au fond de ma mémoire,

„De ces infortunés la déplorable histoire.

„Hélas! quels doux pensers! quels désirs! quels transports!

120 „Les ont précipités dans le séjour des morts "!

Puis me tournant vers eux: „Françoise infortunée!

„Je m'afflige, et je plains, ta triste destinée.

„Des pleurs en te parlant, échappent de mes yeux.

„Mais dis moi: Dans le temps des soupirs amoureux,

125 „Connoissant tes devoirs, l'hymen, et son empire,

„Par qui? comment? pourquoi te laissas-tu séduire "?

Françoise a répondu: „Quand on est malheureux,

„Il n'est pas de tourment, crois moi, plus douloureux,

„Que de renouveller la mémoire effacée,

130 „D'une félicité trop promptement passée!

„Un sage te l'apprit. Mais si tu veux savoir

„Comment l'amour nous fait oublier le devoir,

„Comment les sens émus, nous trompent. nous séduisent.

„Je ferai comme ceux, qui pleurent et qui disent.

Noi leggevam'un giorno per diletto,

Di Lancilotto, com'amor lo strinse:

Soli eravamo, e senz'alcun sospetto.

10   Per più fiate gli occhi ci sospinse

Quella lettura, e scolorocci'l viso;

Ma sol un punto fù quel, che ci vinse.

Quando leggemmo il disiato riso

Esser basciato da cotanto amante,

15 Questi, che mai da me non fia diviso,

La bocca mi bascio tutto tremante:

Galeotto fù il libro, e chi lo scrisse:

Quel giorno più non vi leggemmo avante.

Mentre che l'uno spirto questo disse,

142 L'altro piangeva sì, che di pietade

I venni men così, com'io morisse;

E caddi, come corpo morto cade.

Il fine del Canto quinto.

135 „Pour charmer nos loisirs, d'un roman dangereux,

„Nous lisions les détails, tendres, voluptueux.

„Nous étions sans témoins, surtout sans défiance.

„Souvent cessant de lire, et gardant le silence,

„Nos cœurs étoient émus, nos fronts décolorés ;

140 „L'amour parloit en maître à nos sens égarés.

„Hélas! l'endroit fatal à ma vertu mourante,

„Fut lorsque Lancelot, obtint de son amante

„Le doux baiser d'amour, si long-temps désiré.

„Celui-ci (que jamais il ne soit séparé

145 „De celle qu'il aima!) de ses lèvres brulantes

„Osa prendre un baiser, sur mes lèvres tremblantes.

„Ce baiser comme un feu, circula dans mon cœur!

„Perfide fut le livre, et perfide l'auteur!

„Françoise, ce jour là, n'en lut pas davantage “.

150 Tandis qu'un des amans me contoit son naufrage,

L'autre pleuroit! Et moi .... Touché de tant de pleurs,

Alimens éternels, d'éternelles douleurs,

Je tremblai, je palis, mes genoux s'affaissèrent,

Des ombres du trépas mes yeux s'environnèrent,

155 Et je tombai mourant sur ces funestes bords.

Fin du cinquième Chant.

NOTES
HISTORIQUES ET CRITIQUES.

Ce cinquième chant est un des beaux morceaux de Dante. Il y regne une teinte de douceur et de mélancolie, qui inspire le plus vif intérêt. On ne se lasse point, dans l'anecdote de Françoise de Rimini, d'admirer le choix des expressions, la délicatesse des sentimens, la violence de la passion. Le mot Amour est toujours dans la bouche de cette infortunée. Il y a de plus un certain ton d'amertume, qui brise l'ame.

Ce morceau perd beaucoup dans ma traduction. Et puisse-t-il conserver assez de la beauté originale, pour attacher les cœurs sensibles à la déplorable aventure de deux jeunes amans, qui dans un moment d'erreur, séduits par l'âge, par l'occasion, par une lecture dangereuse, oublièrent le plus sacré des devoirs.

Dante a montré dans cet endroit, une délicatesse, un goût qu'on ne pouvoit pas attendre d'un poëte du XIVme siecle, une aptitude merveilleuse à peindre le sentiment. Il prouvera également dans le chant 33 son talent à peindre une scène d'horreur. Pourquoi trouve-t-on si peu de morceaux semblables dans son triple poëme? Pressé d'imaginer et de décrire des supplices, il court au dénouement, il néglige les anecdotes. Placé trop près des siècles qui en avoient été les témoins, il les suppose connues, et ne fait que les indiquer. Il a oublié qu'il écrivoit pour la postérité. Le langage des passions, et l'art de raconter placent le poëte au premier rang. Celui de décrire, bien plus aisé, ne lui donne que la seconde place. Il en est de même dans la prose. Personne n'a connu comme Mr. de Chateau-Briant l'art de trouver la fibre la plus secrète du cœur, de l'ébranler, de la tourmenter voluptueusement. Son roman d'Attala, son épisode de René sont des chefs-d'œuvres. Pourquoi faut-il que l'esprit de parti se soit emparé de ces charmans ouvrages? Les louanges déplacées ont autant nui à l'auteur que les critiques peu judicieuses. Mais la postérité impartiale l'appréciera, le jugera. Sa place sera fixée au-dessus de l'auteur de la Nouvelle Héloïse, à côté de l'auteur de Clarisse Harlowe.

Je finirai par observer que **Tasse** en plusieurs endroits, et **Camoëns** dans l'épisode d'Inès de Castro, ont imité le ton, la manière **et l'amertume de ce chant**. Faire cette observation, n'est ce pas faire l'éloge de **Dante?**

(*Vers 3.*) Moins vaste est son circuit, plus grands sont ses tourmens.

L'Enfer de **Dante** est **un immense creux**, couvert de ténèbres éternelles, en forme de cratère ou d'entonnoir. Il offre dix Cercles concentriques, placés les uns au-dessous des autres, le long d'un plan incliné. Ils décroissent en diamètre, et croissent dans **la même proportion**, en tourmens. (Voyez le discours préliminaire, placé à la tête de notre traduction.)

38

À l'entrée de chaque Cercle, D a n t e place un personnage allégorique tiré de la fable, pour indiquer le genre des
crimes qui y sont punis. C'est pour ainsi dire l'hiéroglyphe,
l'inscription de la porte. Cerbère désigne les gourmands,
le Minotaure et les Centaures armés les meurtriers, et
ainsi de suite.

Nous voyons par un passage de P l a n t e, qu'on
attachoit la queue d'un animal, derrière une personne
dont on se moquoit, ou qu'on vouloit rendre la risée du
public. De là le proverbe latin: *Caudam trahere*.
Mais comme D a n t e ne cherchoit pas à rendre ridicule
le juge des Enfers, c'est la signification équivoque du
mot latin *Cauda* (misérable équivoque qui s'est conservée
dans les langues modernes) qui lui fit naître l'idée, de
placer à l'entrée du Cercle où les amours criminels sont
punis, un juge à longue queue, et de faire de cette queue
le sceau honteux dont il marque les victimes. Le nombre
des tours, et les traces qu'ils laissent, indiquent aux
exécuteurs le Cercle, dans le quel chaque ombre criminelle
doit être précipitée. C'est un manque de goût, une de
ces bizarreries qu'on a justement reprochées à notre
auteur. Néanmoins il paroit avoir été très-satisfait de
cette invention, puisqu'il la rappelle dans le 27me chant
de l'Enfer, et qu'il y ajoute un trait de plus:

> A Minos mi portò; e qu'egli attorse
> Otto volte la coda, al dosso duro,
> E poi che per gran rabbia la si morse.

Elles parlent, elles écoutent, elles sont précipitées.

Cette rapidité de style a une grande énergie. C'est un artifice familier à D a n t e. La promptitude avec laquelle la sentence suit la confession, et le supplice la sentence, augmente l'horreur du tableau.

(*V.* 19. 20.) C'est une belle imitation de Virgile, chant 6:

> Noctes atque dies, patet atri janua Ditis.
> &c.   &c.   &c.

Mr. D elille a fort bien traduit:

> Sais tu bien ce qu'ici demande ton audace?
> Il n'est que trop aisé, de descendre aux Enfers.
> Les palais de Pluton, nuit et jour sont ouverts,
> Mais rentrer dans la vie, et revoir la lumière,
> Est un bonheur bien rare, un vœu bien téméraire.

Mais ce même Mr. D elille, avoit-il lu D a n t e, l'avoit-il compris, lorsqu'il écrivoit la note suivante:

„ D a n t e imite à sa manière dans son Enfer les belles „ fictions de V i r g i l e; il place aussi les a m a n s dans „ une p l a i n e, où l'on n'entend que des s o u p i r s, et „ qui est toujours agitée par l'orage. Il est bon d'observer „ qu'un des poëtes les plus originaux de l'Italie moderne, „ n'est le p l u s s o u v e n t qu'un imitateur bizarre de „ ce même V i r g i l e, à qui certains critiques refusent le „ titre de poëte original ".

La partialité entraîne presque toujours un traducteur à être injuste.

(*V.* 29.)   Le traducteur françois a judicieusement observé à l'occasion du supplice des amans criminels, que D a n t e le peint avec des traits, qui caractérisent parfaitement la passion orageuse qui a fait le tourment de leur vie. C'est le moral des passions transporté au physique, qui en fait la punition. Chaque supplice est pris dans la nature du crime. C'étoit une grande et belle idée. Son développement

40

demandoit une riche imagination. Mais Dante n'a pas
suivi la même analogie, il n'a pas été également heureux
dans l'invention et la déscription de quelques autres
supplices.

(*V. 31.*)   La buffera infernal, che mai non resta.

Le poëte dit de cette tempête quelle ne cesse jamais.
Il développe cette idée plus bas, vers 42 — 45, quand il
ajoute, que ces ombres n'ont pendant l'éternité aucune
espérance ni d'un instant de repos, ni d'un supplice plus
doux; et cependant au vers 96 il fait dire à Françoise :

> Noi udiremo, e parleremo a vui,
> Mentre che'l vento, come fa, si tace.

„Nous vous écouterons, nous vous parlerons, pendant
„que le vent se tait, comme il fait actuellement".

Voilà de ces contradictions très fréquentes dans notre
auteur; il est inutile de mettre son esprit à la torture,
pour les concilier, pour les excuser. Dante écrit en
poëte, et non en historien, ou en grammairien. *Delirantis somnia!*

(*V. 40.*)   Il compare les ombres, qui, battues par la
tempête, paroissent et disparoissent à ses yeux, d'abord
à des vols d'étourneaux, à cause de leur nombre, ensuite
à des grues, à cause de leurs cris plaintifs; ces comparaisons auroient pu être mieux choisies; elles rapétissent
le tableau; elles tuent l'imagination; elles détruisent une
partie de la grande impression, qu'auroit produite la scène
profondement mélancolique à la quelle elles ont rapport.
C'est Homère comparant les nombreux bataillons des
Grecs, marchant à l'ennemi, à des mouches, qui dans
une laiterie se rassemblent sur les bords d'un vase de
lait.

(V. 54.)   Fù Imperatrice di molte favelle — — Sémiramis.

L'histoire peu connue de cette reine d'Assyrie, a été défigurée par une multitude de fables. Voici celle que le poëte adopte. Amoureuse de son fils Ninias, et voulant justifier cet amour, Sémiramis fit une loi qui permettoit les mariages incestueux. Photius prétend qu'on a tort d'attribuer ce décret à Sémiramis; qu'il fut rendu par Alose, fille de Bélocchus. Éprise d'amour pour son fils, qu'elle ne connoissoit pas, elle eut avec lui quelques intrigues secrètes. Mais lorsqu'elle l'eut reconnu, elle le prit pour son époux. Depuis ce temps, ajoute l'auteur, les Mèdes et les Perses permirent des mariages, qu'ils avoient regardés jusqu'alors avec horreur.

(V. 60.)   Tenne la terra che'l Soldan corregge.

Dante connoissoit mieux que personne de son temps, l'histoire ancienne. Cependant les erreurs, dans lesquelles il tombe, et ses anachronismes sont assez fréquens. Cela a procuré au pape Anastase une place dans les Enfers. Dans le temps qu'il écrivoit, les Sultans avoient fixé leur résidence à Babilone d'Égypte, aujourd'hui le Caïre, et non à Babilone de Chaldée, capitale des états de Sémiramis. Ces erreurs ne vaudroient pas la peine d'être relevées dans un poëme, si Dante ne faisoit pas autorité, et si ses admirateurs ne recevoient pas, comme article de loi, tout ce qu'il lui a plu de débiter dans son ouvrage.

(V. 67.)   Tristan, neveu de Marc, roi de Cornouailles, un des chevaliers de la table ronde. Amoureux de la belle Isotte, femme de Marc, il fit des prodiges de valeur pour lui prouver sa passion. Elle paya sa constance de retour: mais l'époux les ayant surpris les transperça de la lance même du coupable.

42

Il paroit assez bizarre au premier coup d'œil, qu'-
Achille soit placé dans ce Cercle, parmi ceux qui se sont
rendus coupables d'un amour criminel ou incestueux.
Observés que le poëte ne fait pas allusion à l'amour
d'Achille pour Deïdamie, ou pour l'esclave Briséïs, ou
pour Iphigénie; mais à celui de Polixène, fille de Priam.
En effet c'est une chose contre nature, revoltante, une
espèce d'inceste moral, que d'épouser la sœur de ceux
qu'on a égorgés. Achille ayant été percé d'une flèche
au pied de l'autel, où il contractoit cet hymenée, est aux
yeux du poëte un homme mort en flagrant délit; cette
remarque frivole en apparence servira à éclaircir nombre
d'autres passages, et donnera au lecteur la véritable
mesure de la manière dont Dante pensoit en morale.

(*V. 82.*)   Quale colombe dal disio chiamate.

Cette comparaison est charmante. Dante suppose
que les Ombres, par une suite de leur long séjour dans
la région du silence, ont tant de plaisir, à entendre la
voix humaine, qu'elles accourrent au son de cette voix,
comme deux colombes retournent à leur nid, lorsque
les cris de leurs petits délaissés parviennent jusqu'à
elles. Homère suppose que les Ombres sont attirées
par le sang des victimes, et qu'elles viennent le boire
avidement; l'idée de Dante est plus ingénieuse et
plus sentimentale.

(*V. 97.*) Françoise étoit fille de Guido de Polenta,
Seigneur de Ravenne, ville située près de l'embouchure
du Po; son père la donna en mariage à Lancelot, fils de
Malatesta, Seigneur de Rimini. Ce jeune homme, connu
par sa valeur, étoit bossu et borgne. Françoise, belle
comme le jour, étoit amoureuse de son beau-frère Paul,

le plus beau, le plus aimable Cavalier de son siècle. Le mari les ayant surpris en faute, les poignarda l'un et l'autre. Ce qui rend plus excusable le crime de ces infortunés, c'est qu'ils s'étoient aimés, et s'étoient promis foi et mariage, avant que l'autorité paternelle eut forcé Françoise, à donner sa main à un homme qu'elle détestoit.

On est étonné de voir Dante raconter cette histoire scandaleuse, et vouer à un blame éternel, une jeune Dame infortunée, qui appartenoit à une famille, dont il avoit reçu des bienfaits, et qui lui avoit accordé pendant son exil une hospitalité généreuse. Dans ce siècle là on avoit bien moins de délicatesse que nous n'en avons aujourd'hui. Nous verrons plus bas, Dante placer parmi les hommes coupables des vices les plus honteux son précepteur, son ami Brunet-Latin. Cette licence se retrouve dans les poésies et les pièces dramatiques françoises du XVme et XVIme siècle. Cependant on respectoit les Dames, surtout celles de condition. Louis XII permettoit qu'on le satyrisât même sur le théâtre, et qu'on le reprit de son avarice. Mais il ne vouloit pas qu'on s'avisât de parler de la Reine sa femme, des Pincesses ou des Dames de la cour; il disoit: Toutes les plaisanteries doivent être, sauf le respect et l'honneur dus aux Dames.

La licence de son siècle peut excuser Dante jusqu'à un certain point, mais ne le justifie pas. C'est un cynisme dont J. J. Rousseau s'est rendu coupable de nos jours, dans son livre aussi méprisable que fameux: Les Confessions.

Au reste, je ne sais si la belle Françoise a droit de se plaindre; son nom est devenu immortel: sans le poëme de Dante, qui la connoîtroit? Qui repandroit des larmes sur ses malheurs?

(*V. 104.*) Aimer si passionnément, que cet amour dure au milieu des tourmens de l'Enfer, qui en sont la punition! Chérir une erreur dont on est si cruellement puni! Quelle image! Tout commentaire l'affoibliroit.

(*V. 107.*) Caina attende chi'n vita ci spense.

C'est le Cercle que le poëte assigne à ceux, qui ont tué en trahison leurs parens ou leurs amis. Il tire son nom de Cain. Cette histoire est connue. J'ai traduit Caïenne, uniquement pour franciser le mot Italien.

(*V. 121.*) Ed ella a me: Nessun maggior dolore &c.

Vers charmans! Ils portent le double caractère de la vérité et de la mélancolie.

(*V. 123.*) — — ciò sa'l tuo dottore.

Ce docteur est Boëce dont la lecture faisoit les délices de Dante. Boëce avoit dit: *In omni adversitate fortunae, infelicissimum genus infortunii, fuisse felicem.* **Pros. *IV.* lib.** 2.

(*V. 127.*) Le roman de Lancelot étoit le roman à la mode, le bréviaire des amans. Il raconte les amours de Lancelot du Lac et de la belle Ginèvre. Il est rempli de peintures voluptueuses. Il est probable que Dante trouvoit cette lecture dangereuse pour les Dames, et il fait de ce roman la critique la plus ingénieuse, quand il suppose que c'est en le lisant que Françoise et Paul oublièrent, l'une ce quelle devoit à son époux, l'autre ce qu'il devoit à son frère. Un poëte moderne pourroit tirer parti de cette idée en substituant au roman peu connu de Lancelot, celui par exemple de la nouvelle Heloïse.

(*V. 138.*)   Quel giorno più non vi leggemmo avante.

Ce jour là, nous n'en lumes pas davantage.

Parvenu à l'endroit où Lancelot couvre de baisers la charmante bouche de Ginèvre, nos jeunes amans sont émus, leurs yeux se rencontrent, leur raison s'égare. Paul imprime ses lèvres tremblantes sur celles de Françoise; et en ajoutant: „Nous cessames de lire‟, elle laisse à l'imagination du lecteur le soin de lui épargner des détails humilians. Quelle pudeur virginale! Quelle tournure délicate, ingénieuse! Quel heureux coup de pinceau! Dante me paroit avoir surpassé la délicatesse que montre Virgile dans l'aventure de la grotte, Énéid. chant 4. Le père d'Aquino a bien rendu le sens de ce vers:

Distulimus post hæc sontes evolvere chartas;
Sontes! heu miseram! gravius nocuere remotæ.

(*V. 140.*)   L'altro piangeva sì, che di pietade.

Dante donne à Françoise une fermeté, une énergie toute particulière. Paul au contraire, est foible, inconsolable. Il pleure tout le long du récit. Pourquoi cela? Seroit-ce une galanterie qu'il auroit voulu faire au beau sexe, en lui donnant plus de courage qu'au notre? Non; ce morceau prouve combien Dante connoissoit le coeur humain. Il est incontestable, que dans les grands malheurs, lorsqu'une fois leur imagination est exaltée et le genre nerveux monté, les femmes ont plus de fermeté, que les hommes. Leur constance est digne d'admiration, elle est véritablement stoïque. Combien l'histoire ancienne n'en fournit-elle pas d'exemples? Combien n'en trouveroit-on pas dans celle de la révolution? Tasse a cru devoir imiter Dante dans

46

l'anecdote d'Olinde et Sophronie. L'amante montre
bien plus de courage et de résignation que l'amant.

> Cosi dice piangendo; ella il ripiglia
> Soavemente, e in tal detti il consiglia.
> « Amico altri pensieri, altri lamenti
> « Per più alta cagione, il tempo chiede ».

Gerus. liberat. C. 2. strop. 35. 36.

(*V. 142.*)   E caddi, come corpo morto cade.

Le poëte avoit fini son 3me Chant, d'une manière
absolument semblable:

> La qual mi vinse ciascun sentimento:
> E caddi, come l'uom, cui sonno piglia.

Il s'étoit servi du même artifice pour s'épargner la peine
de décrire, comment les voyageurs étoient passés d'un
cercle à l'autre. Une fois, cela étoit ingénieux; deux
fois, et si près l'une de l'autre, est une manque de goût.
On s'étonne fréquemment de voir Dante réunir une
certaine stérilité, à la plus riche, à la plus brillante
imagination.

NOTES

GRAMMATICALES.

(*V. 3.*) *Che pugne a guajo.* *Guajo* signifie proprement le cri, le hurlement que pousse un chien, quand on le frappe. Il se prend ici au figuré. *Pungere a guajo,* piquer à cris; au point de faire pousser des cris. Les latins se servoient déjà de ce verbe au figuré. Nous nous en servons en françois. On dit d'un homme qu'il se pique, qu'il est piqué au vif, qu'il a un chagrin poignant.

(*V. 4.*) *Ringhia,* comme fait un chien hargneux, lorsqu'il gronde, montre les dens, et ménace de mordre. Ce verbe vient du latin *ringi.* Terence s'en sert plus d'une fois, pour désigner un vieillard qui témoigne son chagrin, en grinçant les dens, en fronçant le sourcil. Dante l'employe ici dans le même sens. Ceux qui lisent ce poëte en original, doivent se rappeler, que de son temps la langue Italienne étoit plus rapprochée du latin qu'elle ne l'est aujourd'hui. Les bons poëtes, Dante lui même écrivoit ordinairement dans cette dernière langue; c'est donc dans le latin qu'il faut aller chercher le sens propre et le sens figuré des mots dont il se sert.

Il employe aussi souvent qu'il le peut le verbe seul, pour faire image. Les six premiers vers de ce chant en fournissent trois exemples, *cinghia, ringhia, avvinghia*

Il en résulte que son style réunit trois qualités précieuses: énergie, précision, rapidité. Nous n'avons pas la même facilité dans notre langue.

(*V. 4.*) *Stavci orribilmente.* Minos y siége horriblement, c'est-à-dire sous une forme éffrayante. Voilà comme peint Dante. Il donne un large coup de pinceau et laisse à l'imagination du lecteur le soin d'achever le tableau.

(*V. 21. 22.*) Virgile avoit adressé précisément les mêmes vers à Caron, *Inf. C.* 3, *v.* 95. 96; je les avois traduit:

> Celui qui dit là haut: Je peux ce que je veux,
> Nous prescrit de tenter ce dangereux voyage.
> Il ne t'est pas permis d'en savoir davantage.

Ne voulant pas imiter l'original, et répéter ces vers mot à mot, j'ai pris une autre tournure qui se trouve moins littérale.

(*V. 28.*) *D'ogni luce muto:* un lieu muet de lumière, c'est à dire vide de lumière. On a trouvé cette expression belle et hardie. Je la trouve impropre, boursouflée, de mauvais goût. Elle ne fera fortune dans aucune langue. C'est une carricature de la belle expression de Virgile:

> Per amica silentia lunæ.

Ce qui justifie Dante jusqu'à un certain point, c'est que les meilleurs auteurs latins employent *mutus* au figuré pour dire vide. Ciceron avoit dit: *Mutum forum,* un barreau sans auditeurs; *tempus a litteris mutum,* un temps stérile en nouvelles. Quand on joint ensemble deux idées empruntées de sens différens, il faut qu'il y ait entr'elles quelque analogie. Il y en a dans les phrases latines que je viens de citer. Il n'y en a point dans l'expression de D a n t e, et voilà pourquoi elle est vicieuse.

(*V. 34.*)   Quando giungon davanti alla ruina.

Ce vers a beaucoup intrigué les commentateurs Italiens. Vellutello l'explique par:

Avanti a quelle rovinosa buffera.

ce qui est mal. Il suffit de se rappeler la figure que D a n t e donne à son Enfer, pour trouver un sens plus naturel. Les Ombres criminelles balottées par l'orage dans ce second Cercle, sont poussées tantôt du côté du Cercle supérieur, par lequel elles sont meurtries, repoussées, tantôt vers le bord opposé. Dans ce dernier cas, elles penchent sur l'abyme. Craignant de tomber dans un des Cercles inférieurs, où les tourmens sont plus grands, la frayeur leur arrache des cris aigus, leur fait proférer des blasphèmes. *Ruina* signifie donc la partie de l'Enfer qui se trouve au-dessous du Cercle habité par ces Ombres.

(*V. 39.*) *Al talento.* Ce mot signifioit du temps de l'auteur c o n v o i t i s e c h a r n e l l e. L'emploi qu'il en fait ici est juste. Dans la suite il fut pris dans des sens différens, et perdit sa signification primitive. Cependant les Italiens disent encor *a talento*, pour dire à s o u h a i t.

(*V. 49.*)   Ombre portate dalla detta briga.

Le traducteur françois se trompe, quand il interprète dans une note *briga* par la f o u l e d e s c o n d a m n é s. *Briga* signifia primitivement c h a g r i n, s o u c i, q u e r e l l e. Les Italiens disent encore *dar briga*, pour dire : d o n n e r du f i l à r e t o r d r e. Ici il signifie t e m p ê t e, et est synonyme de *buffera*. C'est l'effet mis à la place de la cause. Dans la suite on employa ce mot au figuré, pour

4

désigner la brigue, la peine que se donne un ambitieux pour parvenir aux emplois. Puis il exprima les actes séditieux qu'enfante la brigue. De là le mot brigante, qui avoit signifié un homme de peines, un ambitieux signifia un brigand, un voleur. Une troupe de voleurs fut appelée *briga*, d'où sont venus les mots brigade, brigadier, appliqués aujourd'hui aux militaires : mais *brigataccia* a continué de signifier en Italien mauvaise compagnie.

(*V. 53*) *Alotta* pour *allora*. On dit que Dante est de tous les poëtes Italiens celui qui rime le mieux. Cela est vrai. Mais aussi s'est-il donné de bien grandes licences. Pour rimer, il change sans façon l'orthographe d'un mot, il l'allonge, il l'abrège. Dans le Chant 4 pour rimer richement avec *ciglia*, il écrit *Corniglia* pour *Cornelia*. Dans celui-ci *vai* et non *voi* pour rimer avec *fui*. Dans le 7me Chant *strupo* pour *stupro*. Avec de tels moyens, l'art de rimer n'est pas difficile. Et ses enjambemens ! et ses coupes anti-grammaticales, au moins aux yeux d'un François, comme lorsqu'il finit un vers par le substantif, et commence le suivant par l'adjectif avec lequel il se lie !

> Come le rane inanzi alla nimica
> Biscia — — —

C'est comme si nous disions dans ces vers faits exprès :

> À cet horrible aspect s'avance un valeureux
> Chevalier, il commence un combat dangereux.

Les changemens d'orthographe, les mots allongés, abrégés, se trouvent à chaque pas dans Homère ; c'est ce qu'on appelle improprement passage d'un dialecte à l'autre. Au reste, on pardonnera ces licences à tout poëte, qui par la grandeur de son génie aura acquis le droit, de fixer l'orthographe ou la prononciation de sa langue. Virgile n'a pu prendre les mêmes libertés; la langue latine etoit fixée.

(*V. 64.*)   Elena vidi per cui tanto reo
          Tempo si volse — —

Mot à mot: „À cause de la quelle un temps coupable roula si long-temps". C'est une tournure hardie, un grand tableau en peu de mots. Il reveille une multitude de souvenirs. J'aurois voulu le conserver dans ma traduction; mais il falloit une périphrase.

(*V. 88.*) *O animal grazioso!* Animal gracieux. Le mot animal, très-noble dans le XIVme siècle, ne peut plus s'appliquer à l'homme que dans la satyre.

     Le plus sot animal, à mon avis, c'est l'homme.

(*V. 89.*) *Perso.* Couleur entre le pourpre foncé et le noir, mais où cette dernière couleur prédomine. Boccace dit dans une de ses nouvelles: *Io ricogliero dall' usurajo, la gonnella mia dal perso &c.*

Le mot pers s'employoit anciennement en françois pour désigner cette couleur. Aujourd'hui il signifie bleu de ciel pâle, ou gris tirant sur le verd. C'est la couleur qu'Homère donne aux yeux de Minerve, ce que nous appellons yeux de chat. Mais après l'idée que Dante nous donne de son Enfer, couvert de ténèbres profondes, éternelles, l'expression *aer perso* est-elle juste? Je ne le crois pas. *Perso* n'a jamais été en Italien synonyme de *nero*.

(*V. 99.*)   Per aver pace, co' seguaci suoi.

Pour avoir la paix avec ceux qui le suivent. Le poëte se représente l'Éridan, comme harcelé par les rivières qui se jettent dans ses eaux. Elles le poussent, elles le

52

pressent, pour avoir la paix; il se hate d'aller se précipiter dans la mer. Cette image est juste; ajoutons qu'elle est noble et grande.

(*V.* 101.) *Della bella persona;* de ma belle personne, de ma beauté. Il employe le mot *persona* dans le sens qu'il avoit alors, et qu'il avoit eu dans la langue latine. Il étoit synonyme de *moi.* Nous ne pouvons pas dire en françois: Il devint amoureux de ma belle personne, mais de moi, de ma belle figure; cependant on dit: Une belle personne.

(*V.* 102.) *Il modo ancor m'offende.* Quelle modestie! quelle pudeur! quelle expression charmante! Elle est latine. Ciceron a dit: *Animus meus multis rebus offenditur.* Nous ne pouvons pas le rendre poëtiquement dans notre langue. Les Anglois ont le mot *schocking,* qui le rend littéralement.

(*V.* 137.) Galeotto fù il libro, e chi lo scrisse.

Galehault fut le livre et celui qui l'écrivit. Image hardie, expression heureuse. Galehault servit d'entremetteur d'amour entre la Reine Ginèvre et le Chevalier Lancelot. Le roman que lisoit Françoise fut l'entremetteur d'amour, la cause qui lui fit perdre l'honneur. Mr. Carion de Nizas a fort heureusement rendu cette idée:

> Cette naïve et touchante lecture
> Devint pour nous le truchement d'amour.

P. S. Voilà la manière dont je crois que devroit être fait le commentaire historique, critique et grammatical d'une traduction de Dante. Je puis me tromper. J'attendrai sur cet article le jugement des critiques, et l'opinion du public.

ENFER

CHANT CINQUIÈME

TRADUIT

PAR MONSIEUR

CARION DE NIZAS.

CHANT V.

Je m'enfonçai dans ce noir labyrinthe :
Je descendis dans un nouveau séjour,
Moins étendu que la première enceinte,
Triste demeure, impénétrable au jour,
Et que remplit le supplice, et la plainte
Des cœurs rendus coupables par l'amour.

Quelle douleur saisit mon ame émue,
Lorsque jettant au tour de moi la vue,
Je découvris tant d'objets malheureux,
Que leur foiblesse engloutit dans ces lieux !

Minos, armé de son urne terrible,
Dès notre abord, épouvanta nos yeux ;
C'est sous les traits d'un dragon monstrueux
Qu'on voit siéger, ce Juge incorruptible ;
Son corps se roule en anneaux écailleux,
De la Gorgone il a la tête horrible.

Tout ce qui meurt, comparoit devant lui;
Et là chacun se sent contraint à faire,
De ses erreurs, l'aveu triste et sincère.
À son aspect toute espérance a fui.

Ceux qu'il condamne apprennent leur sentence
Par les replis que fait sa queue immense,
Qui, recourbée en plus ou moins de tours,
Sert à marquer les degrés du supplice,
À désigner les différens séjours
Que leur prescrit l'éternelle justice.

À chaque arrêt, sur l'heure exécuté,
Le malheureux tombe précipité.

Minos me voit, étonné de l'audace
Qui m'amenoit dans ce séjour d'horreur,
D'un ton sinistre, où gronde la menace,
„Où marche-tu?" dit-il; „Crains une erreur!
„Si ton désir trop curieux t'égare
„Dans les détours du ténébreux Ténare,
„S'il te retient; c'est pour l'éternité".

Mon guide alors, avec sérénité
Lui repartit: „Minos, que vous importe?
„La volonté d'en haut, est la plus forte;
„Soumettés-vous avec docilité
„À ce pouvoir, à cette volonté.
„C'est vainement quand nos pas s'accomplissent,

„Que de l'Enfer tous les monstres frémissent.

„Nous poursuivrons nos desseins entrepris".

Des cris alors, d'épouvantables cris

Autour de nous, s'élèvant avec rage,

D'un vif effroi frappèrent mes esprits;

Tel l'océan soulevé par l'orage

En mugissant vient frapper son rivage.

Je fus témoins d'un spectacle nouveau,

Qui dans mon cœur a gravé son image.

Je choisirai mon plus sombre pinceau,

Pour esquisser ce lugubre tableau.

Vous avés vu, quand la triste froidure

De son éclat, dépouillant la verdure,

A fait sentir ses premières rigueurs,

Au haut des airs épaissis de nuages,

Se rassembler, pour changer de rivages,

Le noir essaim des oiseaux voyageurs.

Ainsi je vis ces ames tourmentées,

Par tourbillons, dans cet air sulphureux;

Voler, tantôt rapidement portées

Vers le sommet, près des portes des cieux,

Et dans le fond tantôt précipitées.

Là le blasphème et les rugissemens,

Du désespoir éternels alimens,

Percent l'abyme et vont frapper les nues.

Tels on entend, dans les âpres déserts,

Près du Strymon, que d'éternels hyvers

Tiennent captifs, de longs cordons de grues

Pousser des cris qui remplissent les airs.

　　Quel fut, hélas! le crime de ces ames?

L'amour! l'amour! ce funeste poison

Troubla leurs sens, égara leur raison.

Son feu volage, à d'éternelles flammes,

Les ont livrés (*).　L'éternelle prison

Sur eux se ferme.　„O mon guide! ô mon maître!

„Daigne parler, et m'apprendre les noms

„Des malheureux qu'en foule nous voyons,

„Autour de nous paroître et disparoître“.

　　„Tu vois, dit-il, auprès de nous, tu vois

„Cette Ombre auguste, à la démarche altière,

„Qui se présente à tes yeux la première,

„Toute l'Asie obéit autrefois

„À son pouvoir, et respecta ses loix.

„Elle est illustre, elle vit dans l'histoire,

„Elle a laissé cent monumens fameux,

„Sémiramis fut son nom glorieux;

„Mais son supplice aussi grand que sa gloire

„Expie ici des crimes moins connus,

(*) Faute de grammaire, ou plutôt, faute d'impression.

„ Et satisfait aux mânes de Ninus.

„ Tu vois Didon, cette foible mortelle

„ À son époux, à son peuple infidèle;

„ Sur un bucher, autel du désespoir

„ Voyant partir le Troyen, son idole,

„ Mais oubliant Sichée, elle s'immole

„ À son amour et non à son devoir.

„ À ses côtés l'adroite Cléopâtre

„ Étale encore ses charmes dangereux.

„ Mer d'Actium, ton mobile théâtre

„ A vu l'excès de leur pouvoir honteux.

„ Tu vois Hélène, Hélène dont les yeux

„ Ont embrasé la Grèce et la Phrygie;

„ Fléau commun de sa double patrie.

„ Tu vois plus loin ce guerrier indompté,

„ Fils de Thétis, qui pour Iphigénie

„ Sacrifia son héroïque vie.

„ Tu vois Pâris et sa molle beauté.

„ Tu vois Tristan, d'amour noble victime....

Mais, quoi! jamais pourrois-je ici nommer

Tous ces mortels dont l'amour fit le crime,

Qu'il me montra, qui peuplent cet abyme,

Qui pour souffrir, semblent se ranimer?

Mes sens émus de leurs cris lamentables

À mon esprit les peignoient moins coupables.

Et je sentis tout mon cœur éffrayé,

Se déchirer d'horreur et de pitié.

En parcourrant ces voutes ténébreuses

Je reconnu deux ombres amoureuses,

Leurs foibles bras, s'entrelaçoient encor,

Lien coupable et qui causa leur mort!

Touchans objets! Victimes malheureuses,

En butte aux coups de l'amour et du sort!

   Barbare sort! Quelle ame généreuse

Peut refuser à ce noir souvenir

Une pitié profonde, douloureuse?

„Infortunés, dis-je, avec un soupir,

„Quel châtiment, qu'elle agonie affreuse

„Ils ont trouvé dans les bras du plaisir"!

   Comme l'on voit deux blanches tourterelles,

De leur amour, lorsque leurs tendres fruits

Ont fait dans l'air percer leurs foibles cris,

Entrelaçant et leurs becs, et leurs aîles,

Voler ensemble à leur nid délaissé;

À mes accens, tel ce couple fidelle

Volant vers moi, fendoit l'ombre éternelle;

À cet aspect, mon cœur est oppressé.

   „O vous, leur dis-je en ma douleur profonde;

„Belle Françoise, ornement des climats,

„Où, fatigué d'arroser tant d'états,

„Le Po trainant vingt fleuves sur ses pas,

„Au sein des mers précipite son onde.

„Vous, son beau-frère, ô Paul, vous tant de fois,

„Si jeune encor, vainqueur dans nos tournois;

„Le ciel n'a fait que vous montrer au monde,

„Des plus beaux dons, vous nacquites ornés,

„Dans votre fleur, vous tombés moissonnés!

„Par quelle éclipse imprévue, éffroyable,

„L'astre d'amour n'a-t-il lui qu'un moment

„Et sur l'amante et sur le tendre amant?

„Daignés nous dire, ô couple trop aimable,

„Comment nacquit ce profond sentiment,

„Qui vous lia, qui semble inaltérable,

„Qui vit encor dans ces lieux de tourment?

„Apprenés nous et son commencement,

„Et ses progrès et sa fin déplorable“.

„Tu n'as donc pas une ame impitoyable„,

Me dit Françoise; „à tes pleurs je le vois.

„Je t'en rends grace; hélas! qui que tu sois,

„Puisse le ciel, pour nous inexorable,

„Te reserver un sort plus favorable!

„De ton devoir mieux que nous suis les loix.

„Vis plus heureux: Tu veux donc que ma voix

„Te fasse encor le recit lamantable

„De nos malheurs rappellés tant de fois?

„Les pleurs qu'on donne aux maux d'un misérab[le]

„Semblent peut-être, en alléger le poid;

„Et cependant c'est rouvrir la blessure

„D'un tendre cœur; les regrets superflus,

„Les souvenirs d'un bonheur qui n'est plus,

„Ne font qu'aigrir la peine qu'on endure.

„Tu vois l'objet de mon unique erreur;

„C'est mon excuse; oui je l'aimais, oui j'aime,

„J'adore encor cet époux de mon cœur.

„Le ciel témoin d'une innocente ardeur,

„Le fut aussi de l'horreur, juste, extrème,

„Que je jurai jusqu'au pied de l'autel,

„À l'autre époux, à ce tyran cruel,

„Dont la fureur, d'un coup deux fois mortel,

„Trancha nos jours au sein du bonheur même.

„Entre mes bras, c'est lui que je pressois.

„Lui qu'on ne peut me ravir désormais,

„Quand cet époux, quand ce frère barbare

„(Caïn l'attend dans le fond du Ténare)

„Fondit sur nous, transportés, éperdus,

„Dans les plaisirs, dans la mort confondus,

„Lorsque notre ame et se mèle et s'égare,

„Son fer nous frappe, et nous ne craignons plus

„Qu'aucun destin aujourd'hui nous sépare.

„Nous espérions, hélas! de plus longs jours,

„Quand nos beaux ans commencèrent leur cours,

„Qu'enfans encor, simples et sans détours,

„Assis tous deux, sans témoins, sans allarmes,

„Au fond des bois nous lisions les amours

„De Lancelot. Ce recit plein de charmes

„Faisoit passer dans nos sens, dans nos cœurs

„L'ardeur brulante, et les molles langueurs.

   „Nous savourions à l'envi la peinture

„D'un feu constant, et d'un tendre retour.

„Cette naïve et touchante lecture

„Devint pour nous le truchement d'amour.

   „O doux instans! ô fatale journée!

„Nous en étions à cet heureux moment,

„Où Lancelot, du prix le plus charmant,

„Vit sa constance à la fin couronnée,

„Quand il couvrit sous un baiser brulant

„De Genéviève un sourire agaçant:

„Quand il cueillit de sa bouche enivrée

„Tous les trésors d'une bouche adorée.

   „De Lancelot imitant le transport,

„Mon jeune ami vainquit mon foible effort;

„Par un baiser, sa foi me fut donnée;

„Ce seul instant, ce baiser fit le sort

„Du malheureux et de l'infortunée,

„Qui sont passés de l'amour à la mort".

Elle se tut ; mon ame resta pleine
De ses accens ; Paul, sur son sein penché,
Fondoit en pleurs, et respiroit à peine ;
Et moi, tremblant, pâle, l'œil attaché
Sur ce beau sang, dont leur front est taché,
Je demeurai, sans poulx et sans haleine,
Comme un mortel que la foudre a touché.